Passage 583

Yann Honoré

Passage 583

Poésie

Éditions Le Manuscrit

www.manuscrit.com
ISBN : 2-7481-8097-6 (livre numérique)
ISBN 13 : 9782748180978 (livre numérique)
ISBN : 2-7481-8096-8 (livre imprimé)
ISBN 13 : 9782748180961 (livre imprimé)

Testament

Le jour de ma mort
Certain et si proche
Le temps sera moche
Les bateaux au port

Ma mort comme un jeu
Mon corps sans raison
Les oiseaux chanteront
Mon âme à un dieu

Les absents de ce jour
Au milieu des fleurs
Seront tant les pleurs
Que le manque d'amour

Les hommes pris de rires
Les femmes danseront
Pour oublier mon nom
Lancer des railleries

Vingt ans dépassés
Plus cet age déjà
Quelques rides par-là
Stop c'est terminé

Je me vois ailé
Mi-homme mi-dieu
Moi être le dieu
Homme écervelé

Etre tout aussi bien
Le temps envolé
La poussière oubliée
Sûrement n'être rien

Il y a cette femme
Qui ne chante pas
Qui ne danse pas
Et puis cette femme

Elle souriait avant
Sur ses lèvres laits
Le temps se figeait
J'étais son amant

Elle souriait avant
Et mon désespoir
Tard le soir le noir
Venait / elle rêvant

Je deviens mendiant
Je la cherche mais las
Elle ne se souvient pas
Que j'étais son amant

Elle rentrera
Puis par habitude
Sans comprendre son attitude
Elle sourira.

Engourdi

Ce soir je brûle
Sans doute perdu
La flamme me noue
Pourtant si douce

Pas à pas sur
Mon chemin dure
Et me fascine
Suis-je un signe

Chacun sans doute
Sa propre route
Ouvre une porte
Qui nous emporte

La porte s'efface
Au sol une trace
Pays de quoi
Pays de voix

Geste perdu
Vers l'inconnu
Jusqu'à peut-être
Regarder naître

La nuit dans l'âme
Un léger calme
Une lumière
Au fond de l'être.

Dernier songe

La mer me ramène sur vos rivages
Dans vos pays que je voulais quitter
Les flots qui roulent dans tous vos villages
Me rappellent celle qui m'a laissé

Ses courbes étaient celles de la mer
Ses caresses faisaient chavirer mon âme
J'ai quitté vos régions pour le désert
Perdu de son corps et de vos fantasmes

Elle m'aurait appris le rire et la joie
Elevé dans le calme et la sagesse
Je serai devenu le maître des rois
Côtoyant les cieux et les déesses

Je suis devenu seul parmi vous tous
Il faut croire trop faible pour vous survivre
Elle m'a fui pour rejoindre la grande ourse
Et m'a laissé à vous pour vous rendre ivre

Ainsi des étoiles la vie me regarde
Usant l'esprit des femmes et des hommes
Ma mélancolie tel dieu qui vous garde
Je vous supplie d'oublier d'être un homme.

L'AIGREUR

L'homme veut jouir
Il recherche les plaisirs, il cherche à faire jouir.
Foutaise
L'homme est animal
Simple reproduction
Non même pas
Je ne donne pas la vie mais la mort.
Besoin de reproduction
Mon cul
Après l'ignorance, je ne parle pas d'innocence, cela pourrait être interprété comme une bonté, une qualité, la fraîcheur de l'innocence. NON.
Après l'ignorance, la souffrance, et dans la souffrance le cirque continue. Nous nous reproduisons, encore, encore.
Non même pas. Pas de reproduction.
Simplement l'illusion du temps, qui ne passe pas, qui est là figé. Il nous tend les bras, nous fait croire que et puis trop tard.
Je ne mange pas, je ne me reproduis pas, je ne défèque pas, je meurs.
Mourir – synonyme – engrais
Je suis de la nourriture pour vers, qui sont vivant eux.
Le temps ne les a pas eus.
Ils se foutent du temps. Les vers sont éternels.
Pas de temps, pas de plaisir, ils sont là
Identiques. Tous identiques. Un ver est un ver.
D'ailleurs ils sont seuls. Il n'y a qu'un ver
Nous sommes tous mangés par le même ver.

Nous nous emmerdons avec des calculs savants, qui pourrissent notre mort.
Le temps nous laisse l'illusion et nous n'en profitons pas. Nous cherchons là où il n'y a rien.
Nous avons toute la vie pour mourir, mais non c'est mieux de trouver des excuses. J'ai du boulot, je dois payer mes impôts.
Bosse, mange, tu seras meilleur à manger.
L'illusion du temps qui ne passe pas. C'est encore plus ridicule de l'écrire que de le penser. Les vers ne savent pas lire. Ils mangent. Trop compliqué, ils ne mangent pas. Ils fonctionnent. Et même simplement
ILS
La différence entre le ver et l'homme est là.
Le ver est il
L'homme a l'illusion d'il
Je ne vis pas je meurs
Je ne mange pas je chie
Je ne regarde pas ma montre, j'assiste à mes obsèques.
Je ne dors pas, je m'habitue, je m'entraîne.
Le seul moment où l'homme se défait de son illusion, c'est lorsqu'il dort.
Le temps n'agit plus. Je suis l'égal du ver.
Bien sûr à condition de ne pas se souvenir de ses rêves. Sinon il y a mensonge.
Le temps me fait rêver de lui. Je suis heureux au réveil. Tout près d'y croire. Et l'illusion reprend son cours.
Des failles ? Peut-être, une.
La fatigue. Pourquoi la fatigue !

C'est l'heure de dormir. D'aller rêver que nous vivons, que nous avons le temps.
Pourquoi ne pas lutter ?
Il faut combattre la fatigue.
Rester éveiller.
Repousser l'illusion.
Lutter et le temps s'allonge. Il devient long.
Il n'y a plus de temps. L'illusion tombe
Le vide apparaît, le silence.
Plus de plaisir, plus faim, plus de jouissance.
Juste lutter comme le ver mange
Je livre bataille
Je ne suis plus
Je ne pense plus
Je ne désire plus
Trop fatigué pour dormir
Trop fatigué pour vivre
La mort est là dans ce vide et ce silence
Quand le temps s'allonge
Quand le temps n'est plus
Enfin je vis.
J'accomplis mon but sans illusion
Comme le ver est il
Je suis rien
Le ver se nourrit du rien.

Fausse nouveauté

Brûlé par le temps
Mal satisfait
Sans querelle
Sommes-nous vraiment coupables

Nous prenons futilités pour des charmes
Par notre esprit qui décide trop vite
Confondre le plaisir avec le besoin et le sens
Voilà ce qui nous coûte par nos extravagances

La recherche ailleurs de ce que nous avons déjà
La recherche aveuglante de ce que nous ne pouvons avoir
Deux pertes de temps déjà si mince
Qui nous trahissent et nous isolent

Fidèle et dévouée
Seule la solitude ne nous quitte jamais
Tout le reste s'échappe et revient déguisé
Trompés nous plongeons dans cette fausse nouveauté.

Toujours ignorant

La souffrance est un plat qui se mange froid.
A moins que les vers ne me mangent le corps encore chaud.
Chauffer de merde
D'urine
Et d'illusions
Ce sont les illusions qui tiennent le plus chaud.
La merde et l'urine vous quittent.
Il y a déperdition de chaleur
Les illusions vous gardent au chaud.
Elles vous couvent autant qu'elles le peuvent.
Les illusions ne vous quittent jamais.
La fin de votre mort vécue survient avec des illusions.
Votre mort vécue s'achève par des illusions.
On reste toujours ignorant.

ELLE A SOURI

Les fleurs sont fanées
Le temps a passé
La femme endeuillée
Très vite s'est mariée

Mon esprit parfois
Erre de ci de là
Personne près de moi
Je reste sans toi

Pourri dans ma tombe
Un arbre de l'ombre
Froid sur mes décombres
Reste dans le sombre

La danse est finie
Les rires pourris
Passés les « on dit »
Bel et bien fini

J'aurais peut-être dû
Ces désirs voulus
Comprendre leur but
Vivre et avoir vu

Elle est rentrée
Non pas par habitude
Elle a compris
Elle a souri.

Amer

Etoile filante des nocturnes
Voile sifflante dans la brume
Chant des sirènes vers la folie
Vent de baleines qui nous fuit

Gardiens du temps de leur âme
Chiens fuyant leur vacarme
Promesse d'une vie et du reste
Prouesse finie et sans reste

Nuit des ombres d'une mère
Bruits sombres de la mer
Silence perdu d'un parfum
Violence voulue d'un venin

Humeur mélancolique d'un jour
Peur idyllique d'amour
Souffrance infinie d'un passé vide
Louange pourrie d'un futur livide.

Passage à l'acte

Abondance nocturne
Ange de la nuit
Penché sur mon dos
Guide et noie mon esprit

Pas de drogues terrestres
L'euphorie céleste
L'approche du divin
Le recours comme survie

L'absolu nous sauve
Et nous sauvons l'absolu
Rien sans nous
L'humble fait l'absolu

Ne pas tourner en rond
Eviter la répétition
D'un seul jet, trouver
L'idée simple comme fond.

Court instant

Je rêve de pouvoir sourire
Allongé avant de mourir
Quitter cette vie sans regret
Que ce n'est pas contre mon gré

Des enfants jouent sous le soleil
Si au loin mes yeux s'émerveillent
Au milieu du champ une maison
Parmi le souffle du vent les sons

Un papillon sur le mur blanc
Entre les mains de mon enfant
Un papillon blanc de bonheur
Une vie d'un jour sans rancœur

La sûreté dans la nuit d'une âme
La douceur qui vous tient au calme
La voix d'une femme cent nuances
Qui vous rappelle votre enfance

Le temps indéfini des vagues
Monotones arrivent en rafales
L'espoir de quelques heures de plus
Forcé par des flots confondus

Revenant sur mon lit de mort
Je vous vois y croire avec cœur
Lire sur mes lèvres déjà froides
Un sourire où la mort s'attarde.

L'un vivant ; l'autre pourri

Tu es mort
Tu rougis
Malveillance
D'un être qui aurait fait le monde à l'envers
Dieu est une femme
Erreur
Ironie
Censée…

Je me suis assis
Deux arbres
L'un vivant l'autre pourri.

SOUS LES ARBRES

Je suis parti
A l'ombre des feuilles
Je respire…

A l'ombre des feuilles
Les bruits ont changé
Le calme le deuil
Je reste allongé

Quelques fois j'entends
Encore murmurer
Dans les sifflements
Du   je   oublier

J'ai choisi la vie
Peut-être que non
Je suis endormi
Trouver la Raison

Je crois peu m'importe
D'être éveillé ou
Non ce qui m'importe
Etre loin de vous.

Sur le dos

Je suis las
De ma chasse
Je suis filant
Dans ce néant
Mélancolique
Voir cynique
De ce blanc obscur
A la peau si dure
Je laisse entrevoir
A quel point je pars
Parent part
Seul à tard

Enflammé
Par l'épée
Je brûle rouge
D'un pur sang rouge
Je ne me vois
Que par des lois
Tenant fermement
Le cours de mon sang
Sur le fer saillant
Noir de mon amant
Long fléau
Sur le dos.

Faire face

Leurs compliments sont morts
Tout comme eux tout comme moi
Nos illusions sont réelles
Et la vie est morte
Je ne sais pas à quoi cela sert de vivre
Mais il faut vivre

Un ami qui est de retour
Vous donne de la joie
Et vous rêvez de vivre dans l'espoir
Un soir dans le noir sonnent les tambours
La femme vous tient et vous souffrez
D'une tristesse heureuse et aimée

La douche est froide
Et le félin passe sur le bord de la fenêtre
Prêt à vous sauter dessus il vous défie
Le regard livide toujours froide
Elle vous réveille et lâchement
Vous rend à l'homme son temps emmerdant

Tout ça pour vous retrouver chez eux
Leurs compliments ne changent pas
Et votre mort non plus
Mais la vie vous en veut
Vous l'aviez refusée sans savoir
Elle vous garde heureuse jusqu'à l'abattoir.

L'ANGOISSE

je ne peux être heureux
Je vois ces hommes courir vers moi
Ils ont la joie de vivre
Ils rient là ils chantent

Comment peuvent-ils danser
L'angoisse ne leur appartient pas
Ils ne savent pas ce que cela veut dire
Ils ont la peur peut-être mais pas l'angoisse

L'esprit n'est pas torturé
La mort leur échappe
Ainsi la vie aussi
Et la souffrance les délaisse

Tout comme eux
J'aimerais avoir gardé l'innocence
Celle qu'on ne voit pas
Celle qui nous fait croire qu'on ne l'est pas

Voir au-delà du naïf
Pouvoir dire aujourd'hui
Je sais la vie telle qu'elle est
Source abondante des pensées d'angoisse

J'ai vu au-delà de ce naïf
Je me promène dans les jardins de la mort
Tout bonheur est immédiatement détruit
Par ces pensées qui ne me laissent aucune place.

Parure

La lumière jaillit du sous-sol
Ses rayons éclaboussent l'espoir
Le jour se lève et le rêve s'achève
L'éclat prend fin et le noir se lève

Ecimer par la réalité
Massacrer par un nouveau réveil
L'idée désir de vie disparaît
Une seule chose la solitude est

Vivre sans rien avoir rien perdre
Ne pas s'accrocher au seul besoin
Vouloir ne peut être qu'une sentence
On gagne en désespoir et souffrance

Transpirer de dégoût pour une fin
Occuper l'espace de sa chair
Drapée d'immodestie dévoilée
Parure afin de mieux se cacher.

Chacun comme un autre

Les heures sont longues pourtant
et la vie te donne le temps
Tu t'arrêtes cinq minutes
un instant tu quittes la lutte
Et tu t'aperçois que c'est long
inquiet tu deviens furibond
Alors tu t'agites tu t'excites
tu veux vivre jouir des plaisirs
Mais l'espace d'une heure
longue et ennuyeuse
Tu désires savoir
pour quelles raisons tu y échapperais toi
Tu t'arrêtes encore
oubliant ton corps
Cette fois tu réfléchis :

Tu te rappelles tes dix ans, tes vingt ans
t'en as trente et tu crois que c'était hier
Et là tu t'aperçois que ça passe vite
t'es arrivé là en claquant des doigts
Le temps de la mémoire qui enchaîne
tu te dis que déjà mort
Avant d'avoir vécu, quoique tu fasses
t'es déjà mort et tu n'y peux rien
Le temps des autres est passé
et ton présent rejoint le futur
dans le passé et l'oubli.

LE TEMPS D'UN SOURIRE

Selon le temps les formes sont appréciées différemment.
L'insouciante jeunesse dort sans savoir.
Ne pleurs pas sur tes jeunes années car elles font de toi la beauté,
ta sensualité apporte le respect et ton talent le désir,
à la découverte de tes seins je me laisse te plaire.
L'amour peut parfois prendre des allures qui choque les bien-pensants.
L'homme ferait n'importe quoi pour les lèvres d'une femme,
avec l'aide de l'ivresse, l'homme s'offre à la déesse.
Pourquoi souris-tu quand il te demande de poser ?
Pouvoir se regarder nu dans la glace,
tes yeux dans le miroir t'apprennent que tu n'as rien fait pour éviter ton désespoir ;
L'âge n'a pas d'importance c'est l'expérience qui compte ;
le sang coule de tes veines et se perd dans les flots,
le suicide a été le seul remède à tes maux.
Le peintre suspend ton voyage mais ne l'arrête pas.
Cette femme est tout ça à la fois : la jeunesse et la vieillesse, la vie et la mort, la beauté et la tristesse.
La seule femme respectable paraît être notre mère.
Qu'y a t'il de plus horrible que de s'imaginer dans le même miroir dix ans plus tard ?
Le regard vers l'horizon, l'infini s'achève sur notre finitude,
la vieillesse nous emporte loin du chemin désiré,
l'homme se rend compte parfois que l'argent ne suffit pas pour vivre.

Dans les profondeurs l'homme voit son gagne-pain
se déshabiller,
la luxure défile devant l'avarice.
Innocent de son existence l'homme est coupable de
ce qu'il en fait.
Fier il dompte la nature à grande allure :
le chasseur bedonnant tue l'animal par plaisir et
l'être humain par besoin.
Au milieu du cirque on se demande qui est la bête.
Le sourire de la mort accompagne les bourgeois
tout au long de leur repas.
Vieux, les rides font ressortir la lourdeur de notre
esprit,
et le peu de lumière mène notre destin à la mort.
On ne sait pas quand ça part, ni quand ça s'arrête,
la vie donne la détresse aux humains, la mort leur
enlève :
cet ange est-il celui de la vie ou de la mort ?
Et dire que c'est un nain maladif qui vous a appris
la vraie vie !
Une dernière danse ma chérie ?

Oppressé

Elle est là
Tu ne l'oublies pas
Manger
Dormir, manger
Pas faim

Boire
Encore, boire
Oublier

Elle est là
Tu ne l'oublies pas

Son visage
Les battements de son
Ses mains

Une odeur
De parfum et de sueur
De mélancolie et de rancœur

Jeter
Tout
En finir avec.

Indélébile

Comme l'inaccessible lui-même,
le plus proche de chez vous,
monte mêlé dans la grisaille
près du quai mal pavé,

dans les cendres elle jouait.
Pourvu qu'on m'en laisse,
il avait brûlé dans sa rage,
plus rien ne sera comme avant.

Surprendre une promesse envolée,
se laisser couler, engloutir.
Des chimères rafraîchissantes.
Les clameurs du désespoir,

les ombres se poursuivent.
Dans une parcelle de soleil
infiniment l'aube se lève,
le vent s'échappe aveugle,

il touche l'écorce rugueuse,
comme à l'instant où tout finit.
Dignité, ardeur muette, prisonnière,
pouvoir justifier mes peines.

Papillon noir dans la poussière,
les nuages partout leurs promesses,
là-bas je n'aurais pas osé,
au-dessus, franchir la parcelle.

Souvent je parle d'elle, je raconte.
Tu as déclaré qu'on te laisse seule.
En feuilletant il faut creuser,
les livres n'en ont rien retenu.

Les yeux vers quelques,
comme à l'horizon lorsque
sur le chemin après que,
je vois encore lorsque.

Le jour où je te rencontrerai,
elles ne m'auront pas laissé,
les plaies, le mal, les étoiles
n'en finissent plus jamais.

En souhaitant que ce tutoiement
ne t'outrage ni te perturbe,
ce que tu voudrais peut-être savoir,
désolé je ne suis pas sûr.

Rêver

Quand les rêves prennent le dessus
Sur la réalité qui me tue
Quand les souvenirs vous cachent la vue
Pour mieux oublier la vie perdue

Je me noie fuis volontairement
Non je protège rester vivant
Rencontre rupture il y a du vent
Respirer reposer calmement

Tout le bien tout le mal l'angoisse dans
Il y a parfois du bonheur dans
Tout le corps vibre quand il est dans
La peine oui tout se retrouve dans

Depuis le moment je n'ai cessé
Croire te voir encore rentrer
Je sais non tu me l'as répété
Faire face je préfère rêver.

LOUANGE

Etoile filante des nocturnes
Voile sifflante dans la brume
Chant des sirènes vers la folie
Vent de baleines qui nous fuit

Gardiens du temps de leur âme
Chiens fuyants leur vacarme
Promesse d'une vie et du reste
Prouesse finie et sans reste

Nuit des ombres d'une mère
Bruits sombres de la mer
Silence perdu d'un parfum
Violence voulue d'un venin

Humeur mélancolique d'un jour
Peur idyllique d'amour
Souffrance infinie d'un passé vide
Louange pourrie d'un futur livide.

Se retrouver sur vos toits

Le voyage d'une femme rêvée
Que l'on a nommée par désir
Souvenir de sa terre brûlée
Enfant au profond des soupirs

Son cœur perdu est là en nous
Dans les abîmes de poussières
Que la marée a rendu fou
Comme la mort de notre mère

Oh richesse de l'amertume
Dès lors que je vous aperçois
Mon âme se perd dans la brume
Et se retrouve sur vos toits

Oublie de moi ce malheur voulu
Que la nature donne au vol
La parure joyeuse n'est plus
Et se retrouve au fond des sols

La misère d'un chien battu
Au fond d'une bouteille sans bouchon
D'où s'échappe le contenu
Vers le plus proche bâton

Oh richesse de l'amertume
Dès lors que je vous aperçois
Mon âme se perd dans la brume
Et se retrouve sur vos toits.

Euphorie

L'inconnue croisée s'effacerait
Mes nuits sous l'immense
Je respire je regarde
Elle se dresse encore devant moi

Passante sous une pluie
Peut-être la sensation
Saisit
Murmure

Quelqu'un parle
Encore une fois
Ecoute
Je cherche et j'apprends

Ça traîne
M'asseoir près de
Alors seulement
Peut-être

Oui je veux
Chaque instant
Là-bas je rêve
De rester

Je l'entends
Pourpre peu importe
Ses yeux brûlants
Ecoute encore sa voix

Du silence
Des larmes
Et derrière
Les mots

Peut-être dans la nuit
Une lumière
Demain brise quelque chose
L'échange éclaté

Rouge blanc
Partout sa voix
Comme un avant goût
En moi

Je veux
Sous le vent
J'avance
J'avance.

" Au divan japonais "

Au divan japonais
Yvette chante raide
Un cou ça peut chanter
Ça peut même parler

Jane tu prends un verre
Ou tu te laisses faire
Trop luxueuse les gars
Aller faut vider le bar

Un soir de plus sans goût
Bien entourée loulou
Un poulet déplumé
Attend d'être cuité

A droite un croisement
Une morue england
Un épouvantail belge
Une race sans verge

Les filles s'ignorent non
Dis Henri pourquoi dont
Elles se connaissent ou pas
Elles se respectent ou pas

Et toi, tu préfères laquelle ?

TROP TARD

Le gars en noir sort du bar
Il s'imagine déjà
Ce qu'ils vont dire au comptoir

Quelqu'un le connaissait-il
L'homme qui vient de sortir
Il n'est pas de notre ville

Vous avez vu ses chaussures
Et ses cheveux et ses mains
Il doit vivre dans les ordures

Le pire c'était l'odeur
Comment peut-il supporter
C'est horrible quel malheur

L'homme en noir sort du bar
Ils ne peuvent pas savoir
Il rentre alors chez lui tard

L'ascenseur neuvième étage
Dans la pièce on sent l'odeur
La vie pleur' sur son visage

Partie sans dire pourquoi
Elle ne pense pas revenir
Elle ne veut plus de toi

Un jour peut-être,
Tu la croiseras
Ce jour peut-être,
Tu ne la reconnaîtras pas.

J'AURAI PRIS SOIN DE TES ROBES

L'absence, le vide hors du temps.
Seul face à ce qui reste.
L'odeur et les murmures restent.
Elle est partie à la recherche du futur amant.

La rancœur et l'imagination sont traîtres.
Née de la pire race,
chienne déguisée en bourgeoise,
lèvres généreuses mais l'air timide,
les hommes ne se doutent pas de ton vice charnel.

Sous ton nouvel amant
Tu ruisselles sous ses doigts.
Moi, il ne me reste que moi
Et cette vieille photo d'avant.

Danse un verre à la main
Tourne jusqu'au matin
Pour tomber de fatigue.

Tu ne considère pas notre échec
Cela n'en est pas un, pas vraiment
Juste la fin tout logiquement
Ragot d'une histoire de cul entre mecs

Je n'ai plus de raison de vouloir sortir.
Tes affaires tu ne viendras pas les chercher
Je vais vivre avec, je vais laver ton linge
Au cas où, on ne sait jamais
Je préfère garder une chance
Tu verras, j'aurai pris soin de tes robes

J'aurai soigné ton chien, nourri tes poissons.
Je vais laisser une lettre sur la table
pour toi, pour les jours où tu passeras
alors que je ne serai pas là.

La pharmacie, la boulangerie,
ils vont me demander.
Tu es partie en voyage,
un voyage qui te tenait à cœur
et que je ne pouvais faire.
En un sens, c'est le cas.
Il faut que je pense à remplir le frigo,
mais moins qu'auparavant.
On mange quoi lorsqu'on est seul ?
On ne mange pas, on ne dort pas,
on attend désespérément…
oui désespérément.

Vouloir oublier

D'une dernière respiration
Boire jusqu'à mourir
Les yeux de la fête
Aux confins de ma chair
Je me vois ivre ;

Le temps s'allonge
Cerné d'ombres
Comme le regard
Qui ne se fixe pas
Je me vois ivre ;

Mes mains arrachées
Invisibles
Elles m'appellent
Insoutenable
Je me vois ivre ;

Des voix s'emmêlent
Des pulsations m'étouffent
Ne me pénétrez pas !
Franchir le seuil
Je me vois ivre ;

Visage égaré
Vide inachevable
Vais-je enfin trouver
Le chemin la lumière
Ne plus être ivre.

Revivre

Maintenant cette nouvelle vision
Me tire de votre réalité
Et même si j'ai l'air désemparé
Je me libère de votre illusion

Votre sourire vos yeux votre charme
Je m'en défais et je peux enfin dire
Je ne suffoque plus non je respire
La vie coule dans mon sang dans mes larmes

Que pensez-vous reconnaître sur moi
Un conte banal mais inachevé
Parce qu'il ne peut y avoir de fin
L'histoire du pauvre ou celle du roi

Que pensez-vous que je vais devenir
Le soir je me prépare je m'habille
Près d'une nouvelle femme être habile
Un nouvel amant qui ne peut séduire.

Assise comme un songe sur le banc

Substance vivante de la nature
Aux douces pensées et courbes si pures
Quelles sensations étranges de vous voir
Partir seule sur un banc dans le square

Si la lumière se fait froide et calme
Pour la première fois à quelques charmes
Mon corps se réchauffe dans le désir
Une vague s'apprête à m'envahir

Les feuilles d'hiver des ombres du parc
Tourbillonnent pour vous, formant des arcs
Elles vous emmènent là en leur temps
Immobile pour toute une vie durant

Je reste pétrifié à regarder
Cette femme vulnérable et si pure
Assise comme un songe sur le banc
Seule les a rejointes en leur temps.

Effleurer

Je glisse sur la peau
Soie brillante caresse
Les fines gouttes d'eau
Venues de sa détresse

Les loups hurlent au vent
La reine dans sa toile
Menaçants virulents
Les garde sous son voile

Je rêve de vous voir
Sans vos gardes parures
Je rêve d'entrevoir
Les sous de votre armure

Un cercle là perdu
Parmi vos orifices
Idée inconvenue
Conduit au sacrifice

Errance dans le noir
Qui vous pousse à genoux
Je n'ose plus y croire
Vous en avez pris goût

Perdu dans la chaleur
Le désir voit sa faim
Dans une extrême ardeur
Le jeu touche à sa fin.

Sobriquet

Lassitude, le regard brisé par l'ennui et l'indifférence.
Je ne veux pas, je ne veux plus. Plus de sentiments.
Cela se trouve être une bonne chose au fond.
Ne plus être trompé, échapper au jeu tortueux
Qui ne nous mène nulle part, excepté dans la langueur.

Et pourtant, ce jour-là, malgré les plus jamais,
pourquoi celle là, à ce moment précis,
sans aucune disposition particulière,
toujours avec le même chagrin.
La mélancolie… comment s'en défaire ?

C'est impossible. Elle est, elle, une disposition particulière,
qui nous tient à la naissance et que la vie,
et les échecs ne cessent d'accentuer.
La solitude ne vient pas de l'absence,
mais de l'impossibilité de partager.

La rupture est dure à supporter non de la femme elle-même,
elle n'a rien fait pour ça, rien de particulier,
si ce n'est que de révéler un peu plus la grisaille.
Seul ou avec elle, c'était identique.
Cette torture n'est pas partageable.

Torture incompréhensible aux autres indéfinissable.
Elle à moi, rien qu'à moi.

Je suis encore plus seul
en la compagnie des hommes et des femmes.
Ils me renvoient mon isolement, involontairement.

Et pourtant cette femme, là, face à moi.
Je peux écrire n'importe quoi puisque de toute façon j'efface.
Je suis effacé, face à elle je me trouve si,
J'avais pourtant juré.
J'ai envie, pas que physique.

Il y a toujours la possibilité de s'arranger dans ces cas là.
Mais cette femme. Elle est blonde,
Ou brune peu importe,
Je ne sais pas, je ne le vois même pas.
Ses yeux non plus, inutile de demander.

Mais le tout qu'elle peut former, ça je sais.
Un tout dans les moindres détails,
ceux qu'on ne peut pas voir
lorsque l'indifférence est présente.
Ces détails ne s'expliquent pas.

D'ailleurs, ils n'ont pas de nom,
juste une qualité qu'on remarque
ou pas et qui fait toute la différence
avec son voisin, qui vomit cette femme.
Pouvoir lui parler, voilà le dilemme, voilà la difficulté.

Timidité et peur du rejet.
Pourtant, c'est elle. Une famille,
ça devient n'importe quoi.
Overdose de niaiserie, mielleux à souhait.
Non, mais je rêve !

Trop longtemps que je suis seul,
ou pas assez… le célibat,
non pas forcément, mais vivre seul,
avec son fauteuil et son chien.
D'ailleurs non c'était son chien tien ! à l'autre là.
Cette femme n'a pas de chien ;
un peu de raison quand même.
Laisse moi m'en aller,
je n'ai plus rien à dire,
plus rien à offrir.

Une java merdique, où les acteurs se perdent.
Plus personne ne sait ce qu'il doit faire.
Ce n'est pas très aidant de ne pas savoir où on va.
Une danse indansable qui ne plait qu'un temps sur deux.
Mais moi, cette femme je ne la perds pas des yeux.

Lorsqu'elle rentre dans le parc,
lorsqu'elle sort de sa voiture.

Il lui faudrait un nom.
Je lui demanderai ou je la nommerai d'office ;
un prénom peu commun, qui ne plaît qu'à moi.

J'ai dû lui plaire. Je dois lui plaire.
Nous sommes sortis hier soir.
Je ne me rappelle pas avoir parler de quoique ce soit d'intéressant.
Elle m'a appelé ce matin pour savoir,
je n'ai pas su lui dire à quel point.

Je pense qu'elle sait, elle a compris.
Ce n'est pas dur à voir,
Quelques expressions qui trahissent,
Qui font qu'elle a appelé ce matin.
Voilà deux ans qu'elle m'a attaché un matin.

Depuis six mois, nous vivons ensemble.
Elle parle d'être enceinte,
et cela plusieurs fois d'ailleurs.
nous pourrions déjà essayer avec un premier.
Elle n'a pas de préférence, moi non plus je crois.

Enfin, je serais plus habile avec une fille,
pourquoi ? Je ne sais pas.
Elle a accepté de vivre avec ma mélancolie.
Elle vit ma tristesse, et moi je ne vis plus.
Il faudrait quand même que je lui trouve un nom.

Donner

Excuse-moi par avance
Je le savais et pourtant
Par instinct par besoin
Voilà je t'ai donné la mort

Tu vas naître pour mourir
Voir le monde défilé
Ne pas s'arrêter t'ignorer
Infiniment poursuit son chemin

Tes désirs tes envies
Le reflet de ton angoisse
Le plaisir jamais atteint
Source de ton angoisse

Tu verras la beauté du monde
Tu verras pour mieux oublier
Tu aimeras de tous tes sens
D'un amour qui n'existera pas

Je suis peut-être
Un faiseur d'idées tristes
Et même s'il n'existe pas
Tu auras mon amour.

L'AIGREUR

Ce qui m'énerve ce sont ces sentiments.
Les mêmes qui m'ont fait donner la mort à ma fille
Me rendent triste à l'idée qu'elle souffre pour rien.
Pourrais-je lui avouer qu'elle n'est rien. Non.
Je lui dirai soit heureuse, profite de la vie
Amuse-toi mais n'oublie pas d'être sérieuse.
Paye ton loyer à la fin du mois.
Je ne m'excuserai pas.
Inutile.
Elle sera morte avant. Non, elle est morte.
Le jour où moi je suis né, ma fille est morte.
Que le temps est joueur.
Non il ne joue pas. Il n'existe pas.
Le temps est uniquement parce que j'ai l'impression que je passe, l'impression d'agir, de faire bouger les choses.
Ma fille est née avant moi. Au pire le même jour que moi. Mais ce n'est pas sûr, je suis né en retard et elle en avance.
Ma fille est née avant moi.
Et alors c'est elle qui me fait souffrir.
C'est elle qui m'a donné la mort.
Je ne lui en veux pas. Je lui pardonne.

Nouveau-né

Arriver sans prévenir
Un corps nu plein d'avenir
Cri de vie et de douleur
S'éloigner de la torpeur
Peu à peu sur le visage
La lumière donne son image.

Passage 583

Le monde comme magie
De souffrance et de vie
S'emploie à l'infini
A n'être qu'une galerie

Un musée dans l'univers
A l'endroit à l'envers
Se visite de travers
Par devant par derrière

Il s'emploie au présent
A passer dans le temps
Par le souffle du vent
S'imagine plus élégant

Il se tourne vers le futur
D'aventure en aventure
Change tourne et dure
S'use et nous endure

Nos enfants le caressent
Certains sentent sa détresse
Mais enfants ils ne restent
Et adultes le délaissent

Sa magie prendra fin
Par nos seules mains
Le charbon du dernier train
Sera le noyau de son saint.

Premiers jours

Tu te reposes
Allongée
Nue sur ton lit
Etendue

Tu respire ce que l'air te donne
Du temps de l'espérance
De la joie, tristesse
De la peur, crainte

Tu as la force d'agir
Tu te réveilles
Tu t'occupes de la vie
Qui traverse ce nouveau corps

Encore sans conscience
Juste la sensation
Sans savoir être
Sentir le besoin, l'instinct

Les chaleurs se croisent
Elles s'apaisent
Le réconfort de la vie
Celle qui vous la donne

Le temps les détachent
Tentation de pouvoir oublier
Pure vanité, en vain
Elles restent.

VIOLENT

Etrange sensation soudaine
Sentiment qui ne s'apprend pas
Sortie de nulle part lointaine
Je ne sais plus écrire

L'inspiration j'en n'ai pas
Vide desséché sans âme
Ma tristesse reste
Rien pas une syllabe

L'avocat m'a puni
J'ai trop soumis
Mon désarroi à l'étude
Il n'est plus un sujet d'étude

Sans idée mon corps respire
Mon esprit s'ankylose
Déchet de lourdeur
Inintéressant à souhait

Je cherche cultive
Manipule dégraisse
Sans résultat
Juste le   sans

Et pourtant
L'envie ne suffit pas
L'envie ne suffit plus
Radotage de stylo

L'encre se pose pour rien
Elle s'échoue sur le papier
Sans couleur et sans mélodie
Les notes sonnent fausses

La mélodie phrasée
Le son du mot
Le rythme des syllabes
Le tempo du point de la virgule

L'illusion est belle
Mais à contre temps
Un son sans sens
Un sens sans mélodie

Blocage immédiat
Face à un ressenti inconnu
Qui me dicte d'aimer
Qui me dicte d'avoir peur

La description est inutile
Même après des années
Le mystère reste incompris
Insaisissable et toujours aussi violent.

Transfert

Conception détestable de sentiment pur
Renvoyé sans cesse à nos seuls instincts cachés
Ceux-là même qu'on avait jetés aux ordures.
Il est inutile de trop se dévoiler.

Je suis là le jour, la nuit, je ne sais pourquoi
Mais dans cette amertume se cache tes charmes
J'espère dans tes souvenirs me trouver moi
Juste une petite place sans faire de vacarme.

Dans la nature quelque part ici ou ailleurs
Ton innocence source d'un peu de bonheur
Me donne du courage et non un vulgaire « je meurs ».

TRISTE MAGIE DU TEMPS

Petite fille de mon quartier
Aujourd'hui tu ris, tu sais danser
Tu es rarement triste le soir
Dans les rues tu ne crains pas le noir

Tu te prépares tu te maquilles
Tu sors tard dans la nuit, tu t'habilles
Tu rêves de partir de mon quartier
De quitter ses chemins mal pavés

Le réveil du matin te suffit
Pour être heureuse dans ce monde ci
Tu ne recherches pas à souffrir
Inutilement pour te guérir

Parce que tu vis de peu de choses
Parce que je t'envie pour ces choses
Que tu n'auras pas besoin de moi
Un jour très vite tu m'oublieras

Je t'aurais tout donné
Le bon et le mauvais
Le mauvais et la souffrance
Tu sauras te débrouiller

Tu auras appris le monde
Les océans
Les animaux
La dureté
Le début et la fin
La fin et puis plus rien

Petite tu m'auras écouté
Entendu et copié
Imité et adoré
Je t'aurais initiée
La vie t'aura apprivoisée

En grandissant
Eduquée mais libre
Conditionnée mais consciente
Tu auras construit ton propre monde
Avec ses règles
Ses lois
Ses habitudes
Ses joies puisque apparemment
Tu seras heureuse

Et pour l'être
Tu partiras
Tu quitteras ce que je t'ai donné
Ces mauvais chemins
Trop souvent empruntés
Beaucoup trop connus et usés
Là où tu risques de me rencontrer
De me voir
De me parler

Le temps s'allongeant
Ces chemins n'existeront plus
Tu ne les rechercheras pas
Tu ne leur redonneras pas vie
Les pavés enfouis
Ne te gênerons pas
Mort
Ou pas
Près de toi
Ou pas
Tu m'oublieras.

Héritage

Ce que nous donnons
Domestique
Ce que nous laissons
Des pièces d'or
Des pièces de
Rouille, vieillerie

Qu'allons nous donner
Qu'allons nous laisser
Quand tout est fini
Qu'allons nous léguer
Les biens, les pensées
Une fois partis

Le phare sur l'eau
Une direction dans la nuit
A l'aube, le vent, la poussière
Le convoi arrive
L'horizon…la mer
La marée se retire

Sur la terre ferme
Un coffre a été déposé
Immédiatement
Ou dans plusieurs années
Ce coffre sera ouvert
Avec peut-être une certaine résonance.

Editions Le Manuscrit
- www.manuscrit.com -

Les éditions Le Manuscrit ont, par l'originalité de leur formule, ouvert un nouvel espace de publication dans le paysage de l'édition française. Depuis 2001, elles accompagnent la démocratisation de l'écriture et la diffusion des savoirs, illustrant ainsi le passage d'une société de l'information à une société d'auteurs.

Grâce à un savoir-faire unique, fondé sur des innovations technologiques majeures, les éditions Le Manuscrit garantissent la disponibilité permanente des textes, sous un double format : le livre papier, imprimé à l'unité comme en grand nombre, et le livre numérique.

Le Manuscrit s'est doté d'un site - www.manuscrit.com - qui lui permet d'accueillir les auteurs dans tous les domaines éditoriaux : de la littérature générale aux témoignages, des essais aux travaux de recherche universitaire. Signe de son succès, les éditions Le Manuscrit accueillent aujourd'hui une communauté de 4000 auteurs francophones qui participent pleinement à la vie littéraire et culturelle, dans leur ville et leur région, ainsi que sur notre site, via leur espace personnel.

Par un référencement ciblé les éditions Le Manuscrit assurent à ces ouvrages une diffusion internationale, dans les librairies (référencement bibliographique Dilicom) et sur les principales librairies en ligne (Chapitre.com, Amazon Market Place, Abebooks…).

Parallèlement, Le Manuscrit s'appuie sur un réseau de partenaires attentifs: libraires, médias, bibliothécaires, chercheurs et membres de revues, de sites littéraires ou d'associations, pour promouvoir son catalogue auprès du grand public. Le Manuscrit s'affirme comme éditeur privilégié pour la création de collections avec les institutions, les centres de recherche et acteurs de la société civile.

Les éditions Le Manuscrit sont membres du Syndicat national de l'Édition.

www.manuscrit.com
communication@manuscrit.com
Téléphone : 08 90 71 10 18
Télécopie : 01 48 07 50 10
20, rue des Petits Champs
75002 Paris
France